AF246184

L'AMOUR

ET L'APPÉTIT,

COMÉDIE-VAUDEVILLE EN UN ACTE,

PAR MM. DE COURCY, St.-GEORGES et St.-ELME,

REPRÉSENTÉ POUR LA PREMIÈRE FOIS A PARIS, SUR LE THÉATRE DE LA PORTE SAINT-MARTIN, LE 14 OCTOBRE 1823.

PRIX : 75 CENT.

PARIS,

AU GRAND MAGASIN DE PIÈCES DE THÉATRE ANCIENNES ET MODERNES,

CHEZ Mme. HUET, LIBRAIRE-ÉDITEUR,

RUE DE ROHAN, N. 21, AU COIN DE CELLE DE RIVOLI.

ET BARBA, LIBRAIRE, AU PALAIS-ROYAL.

1823.

〜〜〜〜〜〜〜〜〜〜〜〜〜〜〜〜〜〜〜〜

PERSONNAGES.	ACTEURS.
M. DE RENNEVILLE.........	M. MOESSARD.
Mlle LUCRECE DE RENNEVILLE, sa sœur.....................	Mme ST.-AMAND.
ROSE, leur nièce..............	Mlle MARIETTE.
LÉON DE ST.-FAR...........	M. PAUL.
ST.-CHARLES DERVIGNY, ami de Léon..	M. PERRIN.
JEROME, concierge du château...	M. SIGNOL.
Domestiques.	

La scène se passe en province, dans le château de M. Renneville.

Vu au ministère de l'Intérieur, conformément à la décision de son Excellence, en date de ce jour.

Paris, le 26 Août 1823.

Par ordre de son Excellence,

Le Chef-Adjoint,

Signé COUPART.

IMPRIMERIE DE HOCQUET.

L'AMOUR ET L'APPÉTIT

COMEDIE-VAUDEVILLE.

Le Théâtre représente un Salon ; deux portes latérales , l'entrée dans le fond sur un parc , des fauteuils , un canapé , un guéridon.

SCENE PREMIERE.

Mlle LUCRECE, ROSE.

Au lever de la toile , Lucrèce est assise sur un large canapé , un livre à la main; Rose est endormie à l'autre bout du sopha. Le salon est faiblement éclairé par deux bougies qui sont prêtes à s'éteindre.

LUCRECE , *interrompant sa lecture.*

Six heures!... le jour va paraître, et **M.** de Renneville n'arrive pas... Ce pauvre frère... je suis d'une inquiétude... c'était bien la peine de passer la nuit à l'attendre... je tombe de sommeil... Ce roman , que j'avais pris dans la bibliothèque pour nous tenir éveillées, a déjà produit son effet sur ma nièce... J'ai commencé par lire tont haut... et voilà... je me suis mise à lire tout bas... pas moyen... Mais voyez donc cette petite Rose... comme cela dort... en vérité, si l'on avait peur , cela vous ferait une belle compagnie... Voyons , où en étais-je?.. Ah!.. (*lisant*)«Les dix-sept brigands, poursui-
» vis par le beau chevalier, aperçurent, au clair de la lune
» un vieux castel au milieu de la forêt... » absolument situé comme le nôtre... « Rinaldini, leur chef, fit sonner
» avec force à la porte du château... » (*On entend le son d'une cloche ; elle laisse tomber le livre.*) Ah! mon

dieu !... qu'entends-je ?.. au secours!.. Rose... Rose... ma nièce... réveillez-vous... c'est peut-être Rinaldini !...

ROSE, *s'éveillant.*

Ma tante... qu'est-ce ?.. qu'avez vous ?..

SCENE II.

Les Mêmes, JEROME.

JEROME.

Mam'zelle Lucrèce, c'est moi.

LUCRECE.

Que voulez-vous, Jérôme ?... vous m'avez fait une frayeur...

ROSE.

Mon bon oncle serait-il de retour ?

JEROME.

Non , mam'zelle... c'est pas encore lui... c'est des jeunes gens...

ROSE, *se levant.*

Des jeunes gens !

LUCRECE.

Ah ! ah! ma nièce, ce mot là vous a tout-à-fait réveillée... Et que viennent faire ici des jeunes gens... à l'heure qu'il est ? c'est donc pour cela que l'on a sonné si fort...

JEROME.

Je crois bien... quand on est poursuivi...

LUCRECE ET ROSE.

Poursuivi!

JEROME.

Oui , mam'zelle... mais maintenant ils sont en sûreté... je les ai fait reposer chez nous... et si ce n'est qu'il y en a un de blessé...

LUCRECE ET ROSE.

Blessé !...

JEROME.

Mon dieu , oui... et celui qui ne l'est pas dit comme ça que son ami est capable de mourir si on ne veut pas les laisser entrer entrer ici.

ROSE.

Pauvre jeune homme !... Ah! Jérôme , courez bien vite... faites-les venir , et qu'on lui donne tous les secours...

LUCRECE.

Un instant , ma nièce... comme vous y allez !.. Avez-vous oublié que mon frère, monsieur de Renneville , nous a expressément défendu de recevoir aucun homme ici en son absence ?... et il y aurait peut-être de l'ingratitude de votre part à lui désobéir... car j'ai dans l'idée que ce voyage... il parlait d'un prétendu...

ROSE , *vivement.*

Un prétendu !... (*à part*) Si c'était...

JEROME.

Oh ! il n'est pas près de revenir... allez...

LUCRECE.

Comment ?

JEROME.

Je viens d'avoir de ses nouvelles... par une diligence qui a passé devant notre porte... et le conducteur m'a dit de vous dire de sa part qu'il était forcé de s'arrêter pour une affaire... dans une ville... je ne sais plus le nom... enfin à vingt lieues d'ici...

LUCRECE.

Me voilà plus tranquille.

ROSE.

Vous voyez bien , ma tante, qu'on peut faire entrer ces messieurs...

LUCRECE.

Mais enfin , où les loger ?... la décence... les principes...

ROSE.

Air *de Céline*

Chez nous que de place inutile !..
Ma tante , nous pouvons ici
A celui qui n'a pas d'asile
Offrir une chambre d'ami.
Aux femmes un bienfait sait plaire ,
Et ce doit être, en vérité ,

Une de nous qui, la première,
A donné l'hospitalité.
C'est une femme, la première,
Qui donna l'hospitalité.

LUCRECE.

Allons, tu me décides... Au fait, il y aurait de l'inhu-
nité... tu dis qu'ils sont jeunes?..

JEROME.

Jeunes... et pas mal... et quand on pense qu'ils ont
manqué d'être pris par des brigands...

LUCRECE.

Des brigands !... ah ! mon dieu !... Fais venir ces messieurs... va, mon bon Jérôme, va...

JEROME.

Air du Ménage du Garçon.

C'est bon, maint'nant qu' j'ai ma gouverne,
J' m'en vas leur dire qu'ils peuv'nt entrer ;
Au lieu d' jeûner dans un' caverne,
Chez nous il vont se restaurer.
Ça vous f'ra plaisir, je l' parie ;
Pour des femm's qu'ont des sentimens,
Il est si doux d' sauver la vie
A des victimes de vingt ans !

Il sort.

SCENE III.

LUCRECE, ROSE.

ROSE.

Ah! ma tante... que vous êtes bonne!.. vraiment, je
découvre tous les jours en vous de nouvelles qualités...

LUCRECE.

Cette chère enfant !

ROSE.

Non, tenez... l'action que vous venez de faire me tou-
che à un point... (*Elle regarde du côté de la porte.*)

LUCRECE.

Cela t'étonne ?

ROSE.

Oh ! non, ma tante, car j'aurais fait comme vous...

mais, les voici... ce pauvre jeune homme... à peine s'il peut se soutenir... je n'aurai jamais la force de le regarder...

LUCRECE.

Allons, ma nièce, remettez-vous.

SCENE IV.

Les Mêmes, St.-CHARLES, LEON, JEROME.

(*Léon est soutenu par St.-Charles et par Jérôme.*)

ST.-CHARLES.

Air : *Un instant de peine.* (des Rendez-vous Bourgeois.)
Mon ami, prends garde...
Combien il me tarde
De voir leurs secours
Prolonger tes jours !...
LÉON ET S.-CHARLES.
Vous daignez, mesdames,
Calmer sa douleur...
ma
Ah ! toujours les femmes
Ont plaint le malheur !
TOUS.
Oui, toujours les femmes
Ont plaint le malheur !

LUCRECE.

Eh ! vite, eh! vite, sur le canapé !..

LEON.

Que de bontés, madame... (*bas à St.-Charles*) Prends garde à la reconnaissance...

ST.-CHARLES, *bas*.

Sois tranquille.

LUCRECE, *à Léon, qui va trop vite.*

Tout doucement.

ST.-CHARLES, *bas*.

Fais-donc attention que tu ne peux pas marcher...

LUCRECE, *faisant asseoir Léon*.

Là, et ne bougez pas. (*St.-Charles met le chapeau de Léon sur un fauteuil, près le canapé.*)

ROSE, *qui se retourne, et aperçoit Léon.*

Ah! mon dieu!

LUCRECE.

Eh bien! ma nièce?

ST. – CHARLES, *passant entr'elles deux.*

Emotion bien naturelle, et qui, prouve combien mademoiselle est bonne et sensible... (*bas*) Il n'est pas blessé...

LUCRECE.

Moi aussi je suis sensible... autant qu'elle pour le moins... mais on se maîtrise...

ST. CHARLES, *bas à Rose.*

C'est une ruse pour entrer au château.

LEON.

Que je serais malheureux si ma présence pouvait déplaire à mademoiselle.

LUCRECE.

Eh! Messieurs, ma nièce est un enfant qui, tout-à-l'heure encore, me suppliait de vous recevoir. . car je vous avouerai que, dans le premier moment... ne sachant pas.... deux femmes seules.... à une pareille heure...,

ST CHARLES.

Ah! Madame!

Air : *Vaud. de la Petite Sœur.*

Peut-on nous soupçonner vraiment,
Comme nous quand on se comporte?
Nous nous présentons décemment.,,
Nous sommes entrés... par la porte.
Nous ne sommes pas de ces gens
...Que, sans le savoir, on héberge...
Car les voleurs et les amans
Ne parlent jamais au concierge!

LUCRECE.

Vous conviendrez au moins que votre aventure....

ST-CHARLES.

Sent un peu le roman... C'est trop juste.... Un rival vindicatif.... Une attaque au milieu des bois,...

LUCRECE.

Comment, Monsieur....

ST-CHARLES.

Et pendant la nuit encore.... Remarquez comme cela ajoute....

ROSE.

Et vous dites que c'était un rival?...

ST-CHARLES.

Oui, Mademoiselle, un rival, qui, contrarié apparemment de voir mon ami préféré....

ROSE, *avec inquiétude.*

Ah! Monsieur était préféré ?

ST-CHARLES, *bas.*

Je vous dis que je mens....

LUCRECE.

Quelle horreur!... Et les assassins, étaient-ils en grand nombre ?...

ST-CHARLES.

Dix, Madame.... N'est-ce pas, mon ami ? Et nous n'avons dû la vie qu'à l'obscurité.

Il pose son chapeau sur un fauteuil.

Air *de la Poule coquette.* (contredanse.)

Pon, pon, pon, pon, pon, sur la route,
Nos coursiers, qui n'y voyaient goute,
Attendu qu'il se faisait tard,
Nous guidaient tout droit... au hasard,
Quand, tout-à-coup, au détour d'un chemin,
Un monsieur, qui tenait trois pistolets en main,
Nous aborde et nous dit : j'ai tout l'air d'un brigand,
Je ne suis qu'un amant.
Tu voudrais me ravir ma belle !
Pour l'empêcher d'être infidèle,
En toi je tuerai mon rival !..
Il tire et frappe mon cheval !
Mais, sur-le-champ, s'élancent à sa voix,
Contre nous quelques-uns des hôtes de ces bois,
Tous voleurs de bon ton, bien mis et bien masqués,
Surtout très bien masqués !
Pan ! pan, pan, pan ! les armes tonnent,
Pan, pan, pan ! les balles raisonnent,
Des lapins ce bruit sans pareil
Vient interrompre le sommeil !

Mais quel malheur, hélas !
Mon âme en fut troublée !
La mort, dans la mêlée,
Vient effleurer son bras...
On nous presse, on nous suit ; mais, zeste,
Sur le seul cheval qui nous reste
Tous deux nous grimpons, sans façon,
Comme les quatre fils Aymon.

LUCRECE.

Je ne reviens pas de cette audace, si p rès du château !..
Mais vous devez avoir besoin de reprendre des forces...
je vais faire servir auprès du malade un petit déjeûner
impromptu....

LÉON, *relevant la tête.*

Tout malade que je suis, je sens que j'y ferai
honneur....

LUCRECE.

Doucement, monsieur le malade..... doucement....
n'allons pas si vite.... Ah ! si l'on vous laissait faire....
mais, Dieu merci, vous êtes en bonnes mains avec
moi... et, de mon autorité privée, je vous mets... à
la diette !

LÉON, *se relevant sur son séant.*
Comment, à la diette ?... mais je me meurs de faim !

LUCRECE.
C'est possible, mon cher Monsieur.... mais, raison
de plus.... De l'appétit dans votre position.... mais c'est
mortel, Monsieur, c'est mortel....

ST-CHARLES, *bas.*
Prends donc garde.... (*haut.*) Je t'assure, mon ami,
que tu ne peux guère avoir faim.... C'est la fièvre qui te
fait croire cela.

LÉON, *avec dépit.*
Ah ! c'est la fièvre....

ST-CHARLES,
Ce n'est pas autre chose....

LÉON, *bas à St-Charles.*
Mais, songe donc que, depuis le déjeûner d'hier, nous
n'avons rien pris.

ST-CHARL ES, *bas à Léon.*

Prends patience... (*Il veut avoir l'air de lui tâter le poulx; Léon le repousse avec impatience.*) (*Haut.*)Pauvre ami ! va, ça me fait bien de la peine de te voir dans cet état-là.... (*à Lucrèce.*) Vous disiez donc que nous allons déjeûner.... vraiment, je suis confus....

LÉON, *à part.*

Pourvu qu'il déjeûne, lui, il ne s'inquiète pas du reste.

LUCRECE.

Ah ! mon Dieu ! j'oubliais l'essentiel.... Et le chirurgien... moi qui ne pensais pas au chirurgien... Jérôme ! Jérôme !

LÉON, *bas.*

Nous sommes perdus !

LUCRECE.

Ma bonne petite Rose, va dire bien vîte à Jérôme.... mais le voici lui-même.... Jérôme.... Jérôme....

SCENE V.

Les Précédens, JÉROME.

LUCRECE.

Qu'on aille, sur-le-champ, avertir un chirurgien à la ville voisine.

JÉROME.

Oui, Mam'zelle Lucrèce...

ST-CHARLES, *à part.*

Cela devient sérieux.... (*haut.*) On pourrait attendre jusqu'à demain sans danger.

LUCRECE.

Jusqu'à demain.... vous n'y pensez pas. (*A Jérôme, qui est presque sorti.*) Jérôme.... que l'on prenne un cheval, afin d'aller plus vîte.

JÉROME,

Ça suffit.   (*Il sort.*)

SCENE VI.

Les Précédens, excepté JÉROME.

ST CHARLES, *à part.*
Allons, il y va.... pas moyen....

LUCRECE, *revenant.*
Et jusques-là.... du bouillon de poulet....

LÉON.
Du bouillon de poulet !... Ah ! par exemple, Madame,
je vous jure qu'il m'est contraire.... N'est-ce pas, mon
ami, qu'il m'est contraire ?... et une simple côtelette....

LUCRECE.
Ah bien ! oui, des côtelettes ! on vous en donnera.

Air : *Ces Postillons sont d'une maladresse !*

Vous ne pourrez me prendre à vos amorces ,
Un déjeûner pour vous serait mal sain...

LÉON.
Ah ! laissez-moi, du moins , prendre des forces ,
Pour attendre le médecin !
Déjà vraiment je tombe de faiblesse ;
Et que dirait le docteur, aujourd'hui ,
Si je pouvais pousser l'impolitesse
Jusqu'à mourir sans lui ?

LUCRECE.
Tout cela est bel et bon , Monsieur , mais du bouillon
de poulet.... je ne connais que cela.... Allons , venez ,
ma nièce, il faut penser au déjeûner ; car enfin, l'ami
de Monsieur n'est pas malade..... il n'est pas à la diette ,
lui. — Sans adieu , Messieurs ; nous revenons dans
l'instant.

LÉON, *la suivant.*
Ainsi, vous êtes inexorable ?...

LUCRECE, *revenant, et le prenant à part.*
Ecoutez, tout ce que je peux faire pour vous, c'est
de commuer la peine.... et puisque vous avez si peur du
bouillon de poulet, je prends sur moi de vous donner...
du thé.... mais après cela, s'il vous fait mal, ne vous en
prenez qu'à vous ... Venez, ma nièce, venez... Votre
servante, Messieurs....   (*Lucrèce et Rose sortent.*)

SCENE VII.

LÉON, St-CHARLES.

(Léon se met à marcher vivement dans le salon.)

LÉON.

Du thé! comme c'est restaurant!... Et elle croit me faire une grâce, encore !...

ST-CHARLES.

Eh bien! mon cher Léon, tu dois être enchanté?... Nous sommes introduits.... tout réussit au gré de tes vœux....

LÉON.

Il est sûr que j'ai un bonheur !...

ST-CHARLES.

C'est que tu as eu là une idée excellente.... te faire passer pour blessé.... demander un asyle.... c'était sûr.... vois-tu, on obtient tout des femmes par la sensibilité....

LÉON.

Oui, je trouve notre ruse charmante.... seulement , je suis fâché d'une chose.... c'est que tu ne te sois pas chargé du rôle de blessé.

ST-CHARLES.

Ah ! laisse donc....

LÉON.

Parce que tu y aurais apporté plus de résignation.

ST-CHARLES.

Cela te revenait de droit.... un rôle de malade.... c'est bien plus contemplatif, et, par conséquent, plus dans les moyens d'un amoureux....

LÉON.

C'est très-bien; mais, avec tes contemplations, je ne déjeûnerai pas... Dieu sait si je dînerai... et nous avons fait vingt lieues à cheval...

ST-CHARLES.

N'as-tu pas honte de t'occuper de ces vils détails.... le déjeûner... le dîner.... tiens, je commence à croire que tu n'aimes pas réellement...

LÉON.

Cela t'est bien aisé à dire...

ST-CHARLES.

Non, mais c'est qu'on n'a jamais vu un amant...gastro-
nome......

Air : *Ce que j'éprouve en vous voyant.*

Qui ne sait pas un peu jeûner,
A l'amour est inaccessible :
L'amant délicat et sensible
Ne pense jamais à dîner.
Entre l'espoir, la crainte, il flotte,
Il vit de soupirs et d'hélas !..
Eh ! mon ami, va, ne crois pas
Que Verther auprès de Charlotte'
Fit toujours ses quatre repas !

LÉON.

Parlons raison, je t'en prie ; voyons, que prétends-tu
faire ?

ST-CHARLES.

Tu dois le savoir mieux que moi, en ta qualité de
héros du roman.... Moi, je ne suis là - dedans qu'un
confident modeste... en un mot, le Frontin de l'amitié.

LÉON.

Eh bien ! mon cher Frontin, je t'avouerai que je suis
vraiment embarrassé.

ST-CHARLES.

Petit esprit ! tu es aimé, n'est-ce pas ?

LÉON.

Je le crois...

ST-CHARLES.

On dit : j'en suis sûr !... La bonne tante n'a pas l'air
bien redoutable... je ne vois donc, en fait d'obstacle,
que l'oncle, ce M. de Renneville, qui t'a déjà refusé
trois ou quatre fois, par écrit, la main de sa jolie nièce....
Mais, il est absent... il est à Paris... ainsi nous voilà bien
tranquilles... Mais on vient, je crois....

LÉON.

Oui, c'est elle... c'est Rose... Ah ! mon ami, qu'elle
est jolie !... Dis donc ? je crois que je sens l'odeur du
déjeûner...

ST-CHARLES.

Allons , voilà encore tes anciennes idées.

LÉON.

Je te jure que je ne peux pas me résoudre à mourir de faim !

ST-CHARLES.

Laisse donc , tu t'y feras.... c'est l'habitude qui te manque.

SCENE VIII.

Les Précédens , LUCRÈCE , *une théière à la main ;* ROSE ; *deux Domestiques apportent le déjeûner et le servent.*

LUCRECE , *voyant Léon debout.*

Qu'est-ce que c'est que cela ? notre malade sur ses jambes... Ecoutez, moi, je crois qu'il serait plus prudent de lui faire préparer un lit.

LÉON , *vivement.*

Non pas... non Madame; je sens que votre présence et celle de Mademoiselle adoucit mes douleurs.

ST-CHARLES.

C'est un petit Bayard !...

Air : *Ah ! si ma dame me voyait !* (de Romagnesi.)

Ainsi ce preux si redouté ,
Blessé pour défendre la France ,
Bayard oubliait sa souffrance ,
Aux doux accens de la beauté.
Auprès du plus gentil corsage ,
Nuit et jour il était placé ,
Et cependant Bayard fut sage...

LÉON , *bas.*

Oui , mais Bayard était blessé !

LUCRECE.

Allons, mettons-nous donc à table... Mais il faut que le malade ait de la raison , et qu'il se contente de nous regarder.

LÉON , *bas à St-Charles.*

Tu tâcheras de me glisser quelque chose... (*Lucrèce et Rose se mettent à table , du côté opposé à Léon.*)

ST-CHARLES, *allant prendre la théière sur la table avec une tasse, et les déposant sur un guéridon devant le canapé.*)

Tiens, mon ami, voilà ta théière..... (*Il se place auprès des dames.*) Dis donc ? sucre-toi... (*à Lucrèce.*) Il peut se sucrer ?

LUCRECE.

Oui, mais modérément.

ST-CHARLES.

Modérément, entends-tu ?

Air : *Las ! j'étais en si doux servage !* (de Romagnesi.)

LÉON.

Qu'il est heureux !.. avec des femmes,
A table il se met sans façon ;
Tandis qu'en l'honneur de ces dames
Il boit le vin de la maison,
   Avec du thé,
   De mon côté,
Hélas ! je bois à ma santé !

ST.-CHARLES.

Ah ! qu'un repas avec des femmes
Offre d'attraits pour un garçon !
Je vais, en l'honneur de ces dames,
Sabler le vin de la maison.
Et quant à toi, de ton côté,
Mon ami, bois à ta santé ;
   Avec du thé,
   De ton côté,
Mon ami, bois à ta santé !

LUCRÈCE.

Qu'il est aimable avec les femmes !
Mais que je plains son compagnon,
Qui ne peut, en l'honneur des dames,
Goûter le vin de la maison.
   Avec du thé,
   De son côté,
Hélas ! il boit à sa santé !

Ensemble.

ROSE.

Assis tout seul, et loin des dames,
Que je plains ce pauvre Léon,
Qui ne peut, en l'honneur des femmes,
Goûter le vin de la maison.
   Avec du thé,
   De son côté,
Hélas ! il boit à sa santé !

LEON.

Qu'il est heureux ! avec des femmes, etc.

SCENE IX.

Les Précédens, JEROME.

JEROME.

Mamz'elle Lucrèce , je v'nons prendre vos ordres pour le logement de ces messieurs.

LUCRECE.

J'y vais moi-même. (*elle se lève*)

LEON , *à part.*

Enfin , me voilà délivré.

ST.-CHARLES , *bas.*

Je vais te ménager un tête-à-tête. (*haut à Lucrèce*) Permettez-moi de vous offrir mon bras ?

LUCRECE.

Volontiers , monsieur.

LEON , *à part.*

Quel bonheur !

LUCRECE.

Ma nièce , venez avec moi , monsieur a besoin de re-pos , et je crois qu'un peu de sommeil lui fera du bien.

LEON , *à part.*

C'est cela , qui dort dîne.

LUCRECE.

Air : *Bannissons le chagrin.* (de l'Ecarté du Gymnase.)

Ah ! ne m'en voulez pas
Si je vous quitte ;
Je vais , et de ce pas
Je reviens vite.

ST.-CHARLES , *bas.*

Je garderai Lucrèce
Auprès de moi ,
Et j'enverrai la nièce
Auprès de toi.

LUCRECE ET ROSE.

Ah! ne m'en voulez pas , etc.

(*St.-Charles donne le bras à Lucrèce. Ils sortent, Rose les suit.*)

L'Amour et l'Appétit.　　　　　　2

SCENE X.

LEON , *seul.*

(*Il se lève précipitamment.*)
Enfin, les voilà partis ; il n'y a pas de temps à per‑
dre... (*Il court à la table, se verse un grand verre de
vin, et l'avale d'un trait*) Eh bien ! où est donc le pain ?
Ah ! le voilà... (*Il va pour le prendre.*)

SCENE XI.

LÉON , deux Domestiques.

*Deux domestiques entrent, enlèvent la table et la pla‑
cent dans le fond du théâtre.*

Le diable emporte la livrée !.. on dirait que tout leur
appartient. Ces gens-là ne connaissent que cela, vous re‑
tirer votre assiette, ou enlever une table. Oh ! la mau‑
dite tante, elle se sera doutée de quelque chose : n'im‑
porte, il ne sera pas dit que j'en aurai le démenti. (*Pen‑
dant que les domestiques rangent les chaises, Léon se
glisse vers la table, prend un pâté, et le cache sous un
des coussins du sopha.*) Maintenant, emportez le reste
si vous voulez, ma provision est faite, et je vais déjeuner
à mon tour ; tout ce que je peux vous dire, c'est qu'on se
passera de pâté à l'office.

(*Les domestiques, après avoir rangé, emportent la
table et sortent.*)

SCENE XII.

LEON , puis LUCRECE.

*Dès que les domestiques sont sortis, Léon retire le
coussin avec précaution, découvre le pâté, et au
moment où il va en porter un morceau à sa bou‑
che, Lucrèce, qui est entrée sur la pointe du pied,
l'arrête et le lui enlève. Léon, pendant ce mouve‑*

*ment , cache lestement le pâté qui était à côté de lui
sur le canapé.*

LUCRECE.

Ah! je vous y prends, monsieur le malade; je suis arrivée
à temps... du pâté à un blessé!.. mais vous voulez donc
vous tuer, malheureux jeune homme!..

LEON.

Ma foi, madame, je crois que c'est plutôt vous qui me
tuerez , si cela continue. (*Il marche à grands pas.*)

LUCRECE , *effrayée.*

Ah! comme il roule les yeux ! mais ne courez donc
pas comme cela; c'est le transport!.. Où est-il ce pâté?
j'espère bien que vous n'avez pas eu le temps de le manger tout entier.

LEON, *en colère.*

Plût au ciel !

LUCRECE, *d'un ton solennel.*

Où l'avez-vous mis? répondez, jeune imprudent... mais
au nom du ciel , calmez-vous... venez vous asséoir...
Quelle tête!... Rose , Rose !.. il est capable de se trouver mal... Rose , Rose !..

SCENE XIII.

Les Précédens , ROSE.

ROSE.

Me voici , ma tante.

LUCRECE.

Mais arrivez donc , ma nièce, notre blessé a le transport.

ROSE , *avec intention.*

Le transport !..

LEON , *à part.*

Voilà que j'ai le transport, maintenant !

LUCRECE.

Est-ce que je ne viens pas de le surprendre mangeant
du pâté !... Allons, il faut le replacer sur le canapé , et
s'il n'est pas sage, je le ferai transporter à la ville voisine
dans notre voiture.

LEON , *se radoucissant.*

Je vous obéirai, madame. (*à part*) Quel supplice !...
Il se laisse conduire sur le canapé.)

ROSE , *à part.*

Ce pauvre Léon , comme on le tourmente !

LUCRECE.

Là... là... et restez bien tranquille.

LEON , *à part.*

Allons , il faut se résigner.

Air : *Comme il m'aimait !*

Je n'ai plus faim, (*bis*)
Auprès de vous je serai sage ;
Je n'ai plus faim , (*bis*)
L'appétit se calme soudain.
Oui , grâces à votre langage ,
(*à part.*)
Et surtout grâce à son visage...
(*haut.*)
Je n'ai plus faim. (*4 fois*).

LUCRECE.

A la bonne heure ; attendez, que je range un peu ce
coussin.

LEON.

Non , non , je suis bien comme cela.

LUCRECE , *qui relève le coussin sans l'écouter, et qui
aperçoit le pâté.*

Ah ! miséricorde !... tenez le voilà ce pâté... il l'avait
caché sous le coussin. (*Elle le saisit.*)

LÉON , *se levant.*

C'en est trop aussi.... et je ne peux plus y tenir....
(*Il court après Lucrèce.*)

LUCRECE.

Ah mon Dieu... voilà que ça lui reprend...

Air : *Walse de Rossini.* (de la Veuve du Malabar, Gymnase.)

Je crois , pour le calmer ,
Qu'il faudrait l'enfermer...
Allons , tenons-le bien ,
Je ne réponds de rien.
Il pourrait , quand j'y pense...
Pour moi, je crains surtout...
Car un homme en démence
Est capable de tout !

LÉON ET ROSE , *à part.*

Ah ! pour nous quel moment !
Ah ! mon dieu ! quel tourment !

Ensemble.

LUCRÈCE.

Menons-le promptement
Dans son appartement.

Léon fait un mouvement convulsif; Lucrèce pousse un grand cri et se sauve avec le pâté ; Léon , qui la suit, en arrache un morceau qu'il met dans sa poche , et retient Rose , qui est prête à sortir.

SCENE XIV.

LÉON , ROSE.

LÉON.

Rose... vous me fuyez...

ROSE.

Pauvre Léon ! vous en voulez à ma tante ?.. elle croit bien faire...

LÉON.

Je ne lui en veux pas précisément... mais je conviens que mon estomac lui garde une rancune !.... Peste !.... quelle vigilance pour les malades ! on dirait qu'elle a été toute sa vie à la tête d'une maison de santé... (*Il retire machinalement le morceau de croûte de pâté de sa poche , et mange en parlant.*) Mais enfin, j'oublie tout , chère Rose ! puisque je suis auprès de vous...

ROSE.

Ah ! Léon, vous m'avez fait une peur en arrivant.... c'est bien mal d'avoir employé une pareille ruse, sans m'en prévenir.

LÉON, *la bouche pleine.*

Je n'ai pu trouver d'autre moyen de pénétrer dans ce château, qui, grâce à votre oncle, est inaccessible à tout ce qui a l'air d'un amant... Mais, combien vous m'enchantez par un tel reproche ! il est donc vrai.... vous ne m'avez pas tout-à-fait oublié, depuis le jour où je vous fis mes adieux à Paris, à la pension de ma sœur... Dieu ! que ce pâté est bon !.. Vous m'excusez... n'est-ce pas ? Sans doute il est original de voir un jeune homme faire du sentiment en mangeant de la croûte de pâté... mais, dans ces circonstances impérieuses....

(*Il cesse de manger.*)

ROSE.

Nous avons bien déjeûné devant vous tout à-l'heure....

LÉON.

Depuis l'instant où votre oncle vous fit quitter la maison
des Anglaises, pour vous amener ici, j'ai tenté en vain
tous les stratagêmes pour me rapprocher de vous, pour
vous écrire... j'ai même osé demander votre main.... je
n'ai pas été plus heureux....

DUO.

Air : *vous flattez Eugénie*. (De la lettre-de-change.)

LEON.

Des refus qu'on m'oppose
Mais quelle est donc la cause ?
Puisque j'ai, comme amant,
Votre consentement !

ROSE.

Des refus qu'on oppose
Je bannirais la cause,
S'il ne fallait vraiment
Que mon consentement.

LEON.

Ah ! dites-moi bien vîte
Tout ce qui les irrite.
N'ai-je pas , sans retour,
Juré fidèle amour !

ROSE.

On redoute d'avance,
Léon , votre inconstance.

LEON

Ensemble.

Pour toujours (*bis*) je vous aimerai,
Jamais, (*bis*) non ; je ne changerai !

ROSE

On redoute d'avance,
Léon , votre inconstance !

A vos sermens , moi, je croirai !

LEON , *lui prenant la main.*

Quoi ! l'on doute que je vous aime !

ROSE.

Mon dieu ! quel trouble extrême !

LEON , *la pressant.*

Je prouverai que je vous aime !

ROSE.

Mon dieu ! quel trouble extrême !

LEON.

Oui , mon cœur vous adore...

ROSE.

Je vous croi, monsieur, je vous croi.

LEON , *toujours plus vivement.*

Je veux le dire encore...

ROSE.

Je vous croi, monsieur , je vous croi.

LEON.

Si je vous prouve ici ma foi ,
L'oncle sera content de moi ?

ROSE.

Laissez-moi, laissez-moi,
Puisque je vous croi !

Ensemble.

LEON.

Si je vous prouve ici ma foi ,
L'oncle sera content de moi.

(*On entend du bruit.*)

ROSE.

Ah ! mon Dieu ! j'entends quelqu'un.... on vient de
ce côté....

LEON.

Je me sauve....   (*Il sort.*)

SCÈNE XV.

ROSE, puis M. DE RENNEVILLE et JÉROME.

ROSE *regardant, à la cantonnade.*

Je ne me trompe pas... c'est lui... c'est mon oncle...
Que faire ?... fuyons! (*Fausse sortie.*) Il m'a vue....
il n'est plus temps.

RENNEVILLE, *en entrant.*

Eh ! voici ma bonne petite Rose.... viens donc m'embrasser, mon enfant !

ROSE, *embarrassée.*

Mon bon oncle, que j'ai de plaisir à vous revoir...
Vous nous avez donné bien de l'inquiétude, allez...

RENNEVILLE.

Pauvre nièce , mais c'est qu'elle est encore toute
émue.... Allons, allons, remets-toi.... me voilà.... je
sais bien que j'aurais dû arriver plutôt... mais enfin je

vous ai fait prévenir... Ah! çà, où est ma sœur? il me
tarde de l'embrasser aussi! (*Il va pour sortir.*)

ROSE *vivement, et le retenant.*

Mon oncle, pour le moment, elle est occupée....
(*A part.*) Comment la prévenir?

RENNEVILLE.

Eh bien! ne te fâche pas, ne te fâche pas... je la
verrai plus tard... Dis-moi, mon enfant, il ne s'est rien
passé d'extraordinaire au château pendant mon absence?

JÉROME, *à part.*

Gâre aux hommes!

ROSE.

Non, mon oncle.

RENNEVILLE.

Vous n'avez reçu aucune visite?

ROSE.

Aucune, mon oncle.... (*à part.*) Si l'on pouvait les
faire sortir... (*Elle fait des signes à Jérôme qui ne
comprend pas.*)

RENNEVILLE, *apercevant le chapeau de Léon.*

Tiens, qu'est-ce qui a donc oublié son chapeau ici?

JÉROME, *à part.*

Aye, aye... gâre aux chapeaux....

ROSE.

Un chapeau?... mon oncle!

RENNEVILLE.

Oui, ma nièce, un chapeau... Tenez... à moins que
je ne me trompe....

ROSE.

Oui, mon oncle; oui, c'est bien un chapeau.

RENNEVILLE.

Vous me direz peut-être à qui il appartient?

ROSE.

Mais.... ce ne peut être qu'à Jérôme.

RENNEVILLE.

A Jérôme?

JÉROME, *à part.*

Bien! voilà qu'on me met le chapeau sur la tête.....

RENNEVILLE.

Peste ! Jérôme est un élégant !...

JÉROME.

C'est que, voyez-vous, Monsieur, on a fait repasser son castor... pour les fêtes et dimanches...

RENNEVILLE, *apercevant l'autre chapeau.*

Ah ! çà, combien en a-t-il donc de chapeaux, ce Jérôme !... en voilà encore un...

JÉROME.

Ah ! par exemple, celui-là n'est pas de mon chef...

RENNEVILLE.

Qu'est ce que tout cela signifie, ma chère nièce ?...

ROSE.

Mon oncle...

RENNEVILLE.

Enfin, répondez... à qui sont ces chapeaux ?

ROSE.

Air : *On dit que je suis sans malice.*

Mon oncle, ils ne sont à personne...
Pour compléter notre amazone,
Ma tante et moi nous avons pris
Cette coiffure de Paris...

RENNEVILLE, *à part.*
C'est bien une excuse de femmes,
Et je me doute, chez nos dames,
Que l'amazone est un manteau
Qui fait passer plus d'un chapeau.

ROSE, *rassurée.*

Ainsi, vous voyez bien, mon oncle...

RENNEVILLE, *avec intention.*

Je vois que je me suis trompé, et je t'en demande pardon... mais pourquoi ne m'avoir pas dit cela tout de suite ?

ROSE.

Je croignais que cette fantaisie pût vous déplaire...

RENNEVILLE.

Comment donc ? mais c'est une fantaisie.... tout-à-fait de ton âge... Il n'y a que la tante qui s'y prend peut-être un peu tard.... mais cela doit t'aller à merveille.... Un peu grand.... (*Il examine le dedans des chapeaux.*) Ah! ah! c'est assez singulier que vous ayez fait graver dedans des noms d'hommes...(*Mouvement de surprise.*)

ROSE.

Comment, mon oncle, des noms d'hommes !...

RENNEVILLE.

Lis toi-même... *Saint-Charles Dervigny...* et dans celui-ci... *Léon de Saint Far...* je ne vous connaissais pas encore ces noms-là...

ROSE, *à part.*

Que lui dire?...

RENNEVILLE, *à part.*

Léon de Saint-Far!... eh! mais c'est mon jeune homme... il peut se flatter de m'avoir fait faire une jolie course..... cinquante lieues de poste..... (*Haut.*) Rose, laissez-moi...

ROSE.

Ah! mon dieu, mon oncle, vous croyez peut-être....

RENNEVILLE.

Du tout, du tout, ce n'est pas sur des preuves..... aussi légères.... Mais, par exemple, en parlant de preuves, en voilà une qui s'avance là-bas..... et qui mérite attention...

ROSE, *à part.*

Ah! mon dieu, c'est l'ami de Léon... quel bonheur encore que ce ne soit pas Léon lui-même...

RENNEVILLE.

Eh bien! qu'en penses-tu?

ROSE.

Mon oncle, vous saurez tout... apprenez donc que deux jeunes gens...

RENNEVILLE.

Ah! ils sont deux... cela s'accorde avec les chapeaux.

ROSE.

L'un deux était... blessé... et, par pitié, ma tante a consenti...

RENNEVILLE, *sévèrement.*

Il suffit... Allez retrouver ma sœur... Je vous défends

expressément, ainsi qu'à Jérôme, de lui annoncer mon retour. (*A part.*) Il y a là-dessous quelque mystère, mais je vais éclaircir tout cela...

JÉROME , *à part.*

Notre maître est de mauvaise humeur... faut soigner le dîner aujourd'hui... je cours à l'office.

Rose et Jérôme sortent.

SCENE XVI.

RENNEVILLE, St.-CHARLES.

St.-CHARLES , *dans le fond, examinant Renneville.*

Les bottes de voyage... la canne à bec à corbin... c'est bien cela, c'est notre médecin de campagne... que j'ai bien fait de le guetter !...

RENNEVILLE, *à part.*

En voici un... voyons-le venir... ça ne m'a pas l'air d'être le malade.

ST.-CHARLES, *saluant.*

Salut au disciple d'Hipocrate...

RENNEVILLE , *étonné.*

C'est à moi que monsieur...

ST-.CHARLES.

Je ne me trompe pas... monsieur est le médecin qu'on a envoyé chercher pour mon ami ?

RENNEVILLE , *à part.*

Le médecin ?... et pourquoi pas ? (*Haut.*) Oui, monsieur, pour un jeune homme blessé ?

ST.-CHARLES.

Blessé !.. au bras... c'est cela même.

RENNEVILLE.

Eh bien ! monsieur, voyons, je suis tout prêt, conduisez-moi auprès de votre ami... Justement, j'ai là mon scapel !..

ST.-CHARLES.

Un instant, docteur, comme vous êtes pressé...

RENNEVILLE.

Oh c'est que je suis expéditif, moi, d'abord... vous
voyez! je suis accouru...

ST.-CHARLES.

Désolé que vous vous soyez dérangé... mais nous
n'abuserons pas de vos momens, attendu que vous n'avez
rien à faire ici...

RENNEVILLE.

Comment, monsieur, je n'ai rien à faire ?..

ST.-CHARLES.

Air : *Vaud. des Scythes.*
De tous vos soins, oui, nous vous tenons quitte,
N'en soyez pas cependant effrayé ;
Jusqu'à présent, pour faire une visite,
Mon cher docteur, on vous a bien payé.
Mais, quant à nous, votre aspect seul nous trouble,
Nous composons avec la faculté ;
Restez chez vous, on vous paiera le double...
Peut-on trop cher acheter la santé !

RENNEVILLE.

Du tout, du tout, monsieur... il n'est pas question ici
d'épigrammes... Je ne m'en vais pas comme cela, je suis
venu pour voir le malade... et je le verrai.

ST.-CHARLES, *à part.*

Ah ! le diable de médecin !.. écoutez, vous m'avez l'air
d'un brave homme... on peut tout vous dire... Vous
saurez donc que mon ami n'est pas blessé, et qu'il se
porte comme vous et moi...

RENNEVILLE.

Ah! il n'est pas blessé ?.. (*A part.*) Le coquin! je
m'en doutais... il me le payera... (*Haut.*) Alors, monsieur je vous demanderai pourquoi l'on m'a fait venir...
est-ce pour se moquer de moi !...

ST.-CHARLES.

Eh! non, monsieur... on ne pense pas à cela... c'est la
tante qui croit mon ami malade... parce que vous sentez
bien, c'est une ruse que nous avons imaginée pour entrer
au château...

RENNEVILLE.

Ah! oui, une ruse...

ST.-CHARLES.

Une ruse d'amant... Léon est amoureux fou de la nièce... et il y a là-dedans un vieil oncle qui s'oppose au mariage... et comme le bon homme n'y est pas pour le moment... alors vous comprenez...

RENNEVILLE.

Oui, oui... je comprends fort bien... et je vais de ce pas trouver Mlle de Renneville...

ST.-CHARLES.

Hein ?... pourquoi faire ?

RENNEVILLE.

Pour lui dire qu'on la trompe, qu'on abuse de sa confiance...

ST.-CHARLES, *l'arrêtant.*

Vous n'en ferez rien, monsieur; vous n'en ferez rien... mais ce n'est pas du tout là ce qu'on vous demande.

RENNEVILLE

Je suis un ancien ami de la famille Renneville... et je ne souffrirai pas...

ST.-CHARLES, *à part.*

Je me suis bien adressé... (*Haut.*) Eh bien! monsieur, mon ami est un peu malade, là, puisqu'il faut vous le dire... vous le verrez.. puisque vous y tenez tant... mais plus tard, et nous vous payerons bien... (*A part.*) je vois ce que c'est, il tient aux honoraires... (*Haut.*) Mais, tenez, le voilà justement, vous allez en juger par vous-même...

SCENE XVII.

Les Précédens, LEON, *il arrive en boîtant.*

LÉON.

Ah! mon ami... j'ai cru que je ne pourrais pas le rejoindre...

RENNEVILLE.

Ah ! mon dieu ! comme il est pâle !...

LÉON.

Je crois bien... quand on n'a rien pris depuis vingt-quatre heures...

RENNEVILLE.

Diable ! il paraît que c'est sérieux... je vois ce que c'est maintenant, vous aviez peur du médecin...

LÉON, *à St.-Charles.*

Le médecin ? l'as-tu gagné ?

ST.-CHARLES, *bas.*

Incorruptible...

RENNEVILLE.

Ah çà ! qu'est-ce que vous me disiez donc, qu'il n'y avait que le bras... il paraît qu'il faudra aussi attaquer la jambe...

ST.-CHARLES.

Fais-donc attention de ne pas boîter comme cela... tu ne sais pas à quoi tu t'exposes...

RENNEVILLE.

Monsieur ne devrait pas sortir dans cet état-là...

LÉON.

Et surtout par la fenêtre !..

RENNEVILLE.

Comment, par la fenêtre !...

LÉON.

Il l'a bien fallu... mon intrépide garde-malade m'ayant attrapé, m'avait enfermé dans un cabinet, en tête-à-tête avec la théière... et, pour plus de sûreté, s'était campée sur un fauteuil contre ma porte... Fatigué du blocus, et mourant de faim, j'ai enjambé mon entresol, et à cela près d'une légère contusion...

RENNEVILLE.

Bon ! cela nous fera une petite fracture de plus; il faudra peut-être en venir aux amputations.

LEON.

Comment, monsieur...

RENNEVILLE.

Allons, allons, jeune homme, ne vous effrayez pas... nous tâcherons de vous en sauver une.

LEON.

Ah ! çà, mais qu'est-ce qu'il a donc, avec ses amputations.

RENNEVILLE.

Monsieur, je suis médecin, et je m'y connais mieux que vous.

ST.-CHARLES.

Et moi, monsieur, je vous soutiens que mon ami se porte à merveille, si ce n'est un appétit du diable.

RENNEVILLE.

Je ne demande pas mieux encore; mais, comme je vous le disais tout-à-l'heure, je ne puis me dispenser d'instruire la maîtresse de la maison.

LEON.

Eh bien! voilà autre chose à présent.

ST.-CHARLES.

Je te dis, mon ami, il n'y a pas moyen de lui faire entendre raison.

RENNEVILLE.

De deux choses l'une, ou vous êtes malade, ou vous ne l'êtes pas... choisissez...

LEON.

Je suis tout ce que vous voudrez ; mais, pour toute grâce, ne me trahissez pas...

RENNEVILLE.

A la bonne heure, vous voilà plus raisonnable : aussi, avant d'en venir aux grand moyens, nous allons essayer une petite ordonnance.

LEON.

Ah ! mon ami, une ordonnance... il ne me manquait plus que cela. (*M. de Renneville se met à écrire sur un carnet.*)

SCÈNE XVIII.

Les Précédens, JEROME.

JEROME.

Monsieur...

RENNEVILLE.

Tais-toi, je suis occupé.

JEROME.

Faut-il dire à ces dames?...

RENNEVILLE.

C'est inutile.

JEROME.

Si vous avez quelque chose à ordonner, nous sommes
tous là.

ST.-CHARLES.

Ah! çà, mais c'est donc un hôpital que cette maison!...

RENNEVILLE, *remettant un papier à Jérôme.*

Air *du Calife.*

Tiens, prends ceci, va, tu sais lire
Qu'on exécute, mon garçon,
Tout ce que je viens de prescrire;
Et sers tout chaud...

JEROME, *lisant.*

Ça n' s'ra pas long.
Il sort.

ST.-CHARLES, *à Léon.*

Suite de l'air.

Quoi! ce matin une thérère,
Et ce soir quelque drogue amère...
Quel bonheur que le déjeûner
Ne fasse pas tort au dîner!

LUCRECE, *dans la coulisse.*

Où est-il, où est-il, ce malheureux jeune homme!..

LEON.

Ah! mon dieu! à l'autre maintenant.

SCENE XIX.

Les Mêmes, LUCRECE, ROSE.

LUCRECE.

Ah! le voilà enfin... Comment, monsieur, sauter par
la fenêtre... un entresol qui a l'air d'un premier!...

RENNEVILLE.

Allons, calmez-vous, ma sœur.

LUCRECE.

Que vois-je !... mon frère...

LEON ET ST.-CHARLES.

Son frère !

LEON, *à part.*

Nous sommes joués.

LUCRECE.

Je vous demande pardon, mon frère, vous allez peut-
être m'en vouloir... ces deux messieurs qui se trouvent
ici... mais quand vous saurez...

RENNEVILLE.

Oui, oui, je sais tout, et je me suis permis, dans l'in-
térêt de monsieur, une petite ordonnance qui est d'un
effet sûr.

LEON.

Ah ! je vous en prie, monsieur, ne parlons plus de
cela.

RENNEVILLE.

Au contraire, c'est qu'il est plus que jamais temps
d'en parler : voilà cinq heures... mais justement j'aper-
çois dans la salle à manger la préparation demandée.

SCENE XX.

Les Précédens, JEROME.

JEROME.

Monsieur, vous êtes servi.

Air *de Jean de Paris.*

C'est le dîner, (*bis*)
A table on peut se mettre,
C'est le dîner,
Que notre maître
Vient d'ordonner.

Ce morceau se chante deux fois en chœur.

LES AUTRES.

C'est le dîner, (*bis*)
A table on peut se mettre ;
C'est le dîner, (*bis*)
Qu'il vient d'ordonner.

L'Amour et l'Appétit.   3

LEON , *allant regarder à la cantonnade.*
Qu'est-ce que cela ?

ST.-CHARLES.

Il a jeûné si long-temps qu'il ne reconnaît plus un dîner. Ah ! monsieur, quelle aimable surprise.

LUCRECE.

Mais , mon frère , vous êtes d'une inconséquence...

RENNEVILLE.

Allons, allons, ma sœur, c'est assez tourmenter ce
pauvre jeune homme, il se porte aussi bien que vous et
moi.

LEON , *à Lucrèce.*
Daignerez-vous excuser la ruse ?

LUCRECE.

Vous auriez abusé à ce point de ma sensibilité!

RENNEVLLE.

Allons, pas de reproches... si je voulais lui en faire ,
moi... ce maudit voyage que j'ai fait tout exprès pour
lui.

LEON.

Comment , monsieur ?

RENNEVILLE.

Eh ! sans doute. Après toutes vos lettres , vos démar-
ches , j'ai voulu enfin savoir à quoi m'en tenir sur votre
compte, et, ne pouvant prévoir votre visite en ces lieux,
j'avais été tout droit à Paris... aux informations... j'ai
vu votre père , mon vieil ami...

LEON.

Eh bien ! monsieur , il a dû vous dire du bien de
moi.

RENNEVILLE.

Il prétend que vous êtes un bon sujet... et il faut bien
le croire.

LUCRECE.

Eh bien! Rose, quand je te disais qu'il était question
d'un prétendu...

LEON.

Ainsi, monsieur , je puis espérer... Dieu ! que je suis

heureux... mais je vous ferai observer que le diner se ré-
froidit.

ST.-CHARLES.

Il a raison... un diner réchauffé...

RENNEVILLE.

C'est cela, et nous parlerons mariage au dessert,
j'espère que vous ferez honneur à mon ordonnance :
vous connaissez le proverbe : l'appétit vient en mangeant.

LEON.

Moi, je crois plutôt qu'il vient en ne mangeant
pas.

VAUDEVILLE.

Air : *Nouveau de M. Piccini.*

JEROME.

Ma défunt', je me l' rappelle,
Aimait à souper.... enfin
Le soir, surtout, avec elle,
Fallait toujours avoir faim.
Quand j' donnais, l' souper au diable!
Ma femm', d'un air engageant,
M' disait : mettons-nous à table,
L'appétit vient en mangeant !

st.-CHARLES.

Entre garçons, ma foi, vive
Un' repas plein de gaîté !
Au Bordeaux, chaque convive
Fait vœu de sobriété.
Le Madère l'accompagne,
On trinque un peu plus souvent ;
Bref, on se grise au Champagne...
L'appétit vient en mangeant !

mlle. LUCRÈCE.

D'hymen je subis l'épreuve
Pour une fois, dit Jenny ;
Bientôt elle devint veuve,
Et prend un second mari.
Il meurt... en vient un troisième,
Sans avoir le cœur changeant,
Elle en est à son sixième...
L'appétit vient en mangeant !

RENNEVILLE.

Je veux être un honnête homme,
Se dit certain fournisseur,
Vraiment la plus faible somme
Peut suffire à mon bonheur !
Il gagne cent mille livres,
Et veut encor de l'argent ;
Pour un fournisseur des vivres,
L'appétit vient en mangeant !

LEON.

Pour me voir, un parasyte
Vient à l'heure du dîner :
Restez donc. — Non, je vous quitte,
Car j'ai trop bien déjeûné !
J'insiste... à table il se glisse ;
Et notre homme, en dévorant,
Dit au troisième service :
L'appétit vient en mangeant !

ROSE, *au public.*

Avant qu'on lève la toile,
Un auteur se dit tout bas :
Je bénirai mon étoile
Si l'on ne me siffle pas.
Mais pour peu qu'il réussisse,
Il devient plus exigeant,
Et veut que l'on applaudisse ..
L'appétit vient en mangeant !

FIN.